KB265595

소리 다녀가다

북갤러리 시선 001

소리 다녀가다

초판 1쇄 인쇄일 _ 2008년 4월 10일
초판 1쇄 발행일 _ 2008년 4월 15일

지은이 _ 김경식
펴낸이 _ 최길주

펴낸곳 _ 도서출판 BG북갤러리
등록일자 _ 2003년 11월 5일(제318-2003-00130호)
주소 _ 서울시 영등포구 여의도동 14-5 아크로폴리스 406호
전화 _ 02)761-7005(代) | 팩스 _ 02)761-7995
홈페이지 _ http://www.bookgallery.co.kr
E-mail _ cgjpower@yahoo.co.kr

ⓒ 김경식, 2008

값 6,500원

* 저자와 협의에 의해 인지는 생략합니다.
* 잘못된 책은 바꾸어 드립니다.

ISBN 978-89-91177-56-7 03810

북갤러리 시선 001

소리 다녀가다

김경식

BG 북갤러리

시인의 말

애타게 찾고 있던
소리 다녀가다

애타게 찾고 있던
사랑 다녀가다

애타게 찾고 있던
키스 다녀가다

태어나서 상사병을 처음 앓았다
상사병에는 사랑이 약이라는 것도 처음 알았다
상사병이 재발된다는 것도 처음 알았다
상사병이 엄살병이라는 것도 처음 알았다

오늘은 이 세상 마감하는 날
그대를 죽도록 사랑하리
이대로 사라져도 좋을 만큼
조그만 죽음을 맛보리

목숨처럼 아름다운 꿈같은, 그 불꽃같은.

2008년 4월

김경식

제2부 애인 있는지 한번만 물어봐 주세요

제3부 자유가 참 좋다

제4부 살아 있는 것은 똥을 싼다

제1부
소리 다녀가다

사랑, 내게로 오다

소리 되찾다
소리는 가까이 들을 때 가장 좋다

사랑 되찾다
사랑은 가까이 있을 때 가장 좋다

당신 되찾다
당신은 가까이 있을 때 가장 좋다

나를 발견한 당신
당신을 발견한 나

사랑, 내게로 오다.

소리 다녀가다

그리움 이는 고요한 아침
잠결에 새소리 다녀가다
전화벨소리 들은 것 같기도 하고

차곡차곡 쌓인 사연
감나무 둥지 찾아 온 까치소리 다녀가다

도로 눈을 감는다
자다보면 꿈결에 그대 스치고지고

고샅 길
발소리 다녀가다

담 너머
숨소리 다녀가다

장지 밖에
첫소리 다녀가다

빗소리 잦아지고
그대 다녀가다.

나그네

가슴에 불 질러
남자로 만들어놓고

잉 어디로 가실려구요
난 어떡하라구요

가지 마세요
한번 가면 다시는 안 오잖아요

데려 가세요
내일 데리러 온다는 것도 거짓말이잖아요

낯익은 목소리
그대 누구신가요

진정으로 날 알아주는 당신
그대 누구신가요

사랑은 같이 있는 것
당신과 있으면 행복하지요

당신은 또 다른 나
당신과 있으면 편안하지요

환한 웃음
부드러운 눈매
근사한 몸매
바다 같이 넓은 마음

그대를 만나면 좋은 일이 일어날 것 같아
이곳까지 죽도록 걸어 왔는데

도대체 어디로 가실려구요
난 어떡하라구요.

꿈을 꾸었나 봐요

슬픈 노래도 슬프지 않아요
당신이 곁에 있으니까요

애절한 노래도 애절하지 않아요
당신이 곁에 있으니까요

인내가 힘들면 힘들어하지 마세요
그 많은 폭풍우 속에서 눈물로 지새웠으니까요

다른 일 생각하지 않고 당신만 생각할게요
내 몸 깊은 곳에 당신이 자리 잡고 있으니까요

만나면 기분 좋은
당신이 곁에 있어 행복합니다

당신을 사랑한다는 것은
내일 태양이 뜨는 것 같이 분명합니다

당신을 꿈꾸고 있는 한
언젠가는 만날 수 있겠죠

아름다운 꿈을 꾸었나 봐요
그 불꽃같은.

기다릴 수밖에

달뜨는 밤
당신을 보기 위해
하루를 천년같이
기다릴 수밖에

말할 수 없네
가까이 갈 수 없네
나무에 목숨 매달아 놓고
기다릴 수밖에

구멍이란 구멍은 다 열어
물이란 물은 다 쏟아놓고
기다릴 수밖에

고독처럼 차가운 세상에
구원자처럼 서 있는 선녀
기다릴 수밖에

기다릴 때 행복하지요
기다릴 때 숨 막히지요

마음이 몸이다
아이다
다른 일 생각하지 마
나만 생각해

당신 빼앗기는 것
싫단 말이야
원래 자리로 되돌려 줘
그건 안 돼

다른 것 보이지 않고
편안하고 따스한 당신만 보이니

난 정말 장님인가 봐.

첫눈
– 사랑하면 못 잡아먹지 –

첫눈 오는 날에는
돌담길에서 만나기로 했지요

눈 덮인 솔산
정자에 기대어
포옹하면 사라질 것 같아
포옹하지 못하는 초승달
당신과 살고 싶어라

흐르는 계곡 물
눈 밟는 소리
잡으면 달아날 것 같아
잡지 못하는 고목
당신과 죽고 싶어라

터질 것 같아
만지지 못하는 낙엽

가슴 콩닥거리며
말 한마디 못하는 고목

산천은 보라색 하늘
걷다가 뛰고 뛰다가 걷는다
새로운 세상에 새롭게 태어난다

소녀의 뺨엔 노을이 물들고
소년의 눈엔 사랑이 물든다

그대 내 안에 있어
호수는 그렇게 행복하였네

첫눈 오는 날에는
돌담길에서 만나기로 했지요.

나무꾼과 선녀

이별이 아름답습니다
하늘이 무너지는 아픔이 있었기에

저녁 노을이 아름답습니다
파도에 부딪치는 아픔이 있었기에

만남이 아름답습니다
정절의 대가인 죽음이 있었기에

사람이 아름답습니다
짐승이 되지 않으려는 몸부림이 있었기에

바다가 아름답습니다
바다가 모래에 부서지는 소리가 있었기에

당신의 종이 아름답습니다
주인을 따르는 성실함이 있었기에

해질녘 바닷가
나에겐 너무나 소중한 당신의 종이 되겠습니다.

바다

태초에 나에게
사랑을 가르쳐 준 이는
바다

누운 풀보다 더 낮추어
그대의 머리카락 하나
다치지 않게 지켜드리겠습니다

미어지는 가슴은
그대의 미소 때문입니다

그리움의 통곡은
그대의 미소 때문입니다

내가 그대를 사랑한다는 것을
태초부터 알고 있었다는 듯이

당신만 있으면

구름 없어도 비 오고
술 없어도 취하고
밥 안 먹어도 배부릅니다

바다에 가지 않아도
당신 만나면 머리가 맑아지고

바다에 가지 않아도
당신 만나면 살 것 같은 것은

당신이
바다이기 때문입니다.

사랑밖에 모르는 그 힘으로

사랑밖에 모르는 그 힘으로
이른 아침 감나무 가지가
까치를 둥지로 물어 나르게 했지요

사랑밖에 모르는 그 힘으로
하늘로 나르는 길을 찾을 수 없어
둥지 주위에서 깍깍 지저귀게 했지요

사랑밖에 모르는 그 힘으로
남 보기에는 딱한 일이기도 하겠지만
스스로 선택했으니 행복할 수밖에 없지요

비 오는 날 밤
담 넘어 골목
당신의 창가에 서성거립니다

이렇게 하면 당신이 멀리
달아난다는 것을 알면서도

너는 나의 혼돈

머리끝에서 발끝까지 내가 사랑하는 사람은
오직 당신 한 사람뿐입니다.

도덕교과서와 연애교과서의 차이

꼭 말을 해야 아나요
딱 보면 몰라요

말할 수 없어요
가슴 아파도 아프다고
울어도 울었다고

말할 수 없어요
보고 싶어도 보고 싶다고
사랑해도 사랑한다고

눈물 흘리지 않아요
눈이 퉁퉁 부을 정도로

기다리지 않아요
기다리다가 목 길어진 해오라기처럼

자격 없지요

보고 싶다고 울고
힘들다고 가슴 아파하고

세 번 이상 만나지 않지요
가슴 저미는 미운 정 고운 정 들어
죽도록 사랑하게 될 테니까요
정말 미치게 될 테니까요

네 가슴속에 내가 들어가고
내 가슴속에 네가 들어올 테니까요

들이킨 숨 내뱉지 않으면
저승 가는 것도 알고요
오늘 나의 목숨이 내일까지 간다는
보장이 없다는 것도 알지요

처음 하는 사랑이라
어찌할 줄 모르는데

사랑하는지 미워하는지
꼭 마음까지 다 보여 줘야만 아나요

가슴이 없어요
아량이 없고 좀스러워요

머리가 없어요
남자가 어리석어요

불알이 없어요
남자가 씩씩하게 사내다운 기세가 없어요

밴댕이 속같이
왜 그래요

깍쟁이 같이
왜 그래요
홍어 좆 같이

왜 그래요

꼭 말을 해야 아나요
딱 보면 몰라요.

꽃이 웃는다

그대는 꽃
꽃은 당신
진실한 꽃이 웃는다

그대 두 손 흔들며
하이얀 이가 웃는다
진실한 꽃이 웃는다

행복할 때 웃는 것이 아니라
웃을 때 행복하다

당신의 새카만 눈 속에
내가 웃는다

당신의 새카만 눈 속에
내가 들어간다

내가 잘못한 것은

당신을 사랑한 죄뿐.

초가 마을

복사꽃 피는 날
목로주점 앉아 술 먹는데

여기는 하이얀 연기 나는 작은 초가마을
지붕엔 빠알간 고추 말리고

족두리 쓰고 연지 찍고 곤지 찍고
가마타고 오는 새색시
아낙네들 부러워하고

새색시 몸 내음 사무치면
안주 먹으려 들어와 있는 곳

새까만 눈동자에 예쁜 새색시
다시 볼 수 있다고 말하지 마오

들판에도 없네
허공에도 없네

천애의 고아 된지 오래라오

그래도 기다릴래요
별이 될 때까지
기다릴 수밖에 없잖아요

복사꽃 피는 날
목로주점 앉아 날아가는 새떼 보는데.

남들이 먼저 알아요

남들이 먼저 알아요
내가 가슴앓이 한다는 것을

남들이 먼저 알아요
내가 누군가를 사랑하고 있다는 것을

남들이 먼저 알아요
누군가가 날 사랑하고 있다는 것을

남들이 먼저 알아요
가슴 뚫어 다 비우고
그대만을 채웠다는 것을

남들이 먼저 알아요
당신 주위를 오래 맴돌다가
마른 장작같이 바짝 말랐다는 것을

세상사람 다 알아도

님만 모른다네

한쪽 문은 닫히나
다른 문이 열리고

사랑의 눈은 멀어졌으나
사랑의 귀는 뚫렸네.

이제야 알았습니다

당신을 사랑하는 것보다
사랑하지 않는 것이
더 어렵다는 것을

당신을 아는 체하는 것보다
아는 체하지 않는 것이
더 어렵다는 것을

당신과 반갑게 인사하는 것보다
반갑게 인사하지 않는 것이
더 어렵다는 것을

당신 앞에서 바보가 되는 것보다
바보가 되지 않는 것이
더 어렵다는 것을

당신 앞에서 아이가 되는 것보다
아이가 되지 않는 것이

더 어렵다는 것을

당신에게 전화하는 것보다
전화하지 않는 것이
더 어렵다는 것을

당신의 전화 한통 오기를
학두루미처럼 목이 빠져라 기다립니다.

보물섬 가는 길

구름에 비치는 달그림자
겨울 해변은
수평선 너머로 이어지고

누가 둘이서
어디로 가느냐고 물으면
모르는 곳인데요

누가 둘이서
어디로 가느냐고 물으면
왜 그러시는데요

당신은 보물섬
비밀의 성
나만의 성

보물섬은 어린아이와 같지 않고는
결단코 들어갈 수 없는 곳

- 짤 있었쪄
- 뽀고 찢었쪄
- 쩡말 뽀고 찢었쪄

어디로든지 도망치자든
첫 만남의 굳은 악수
피할 수 없었네

어디로든지 도망치자든
첫 키스의 굳은 맹세
피할 수 없었네

어디로든지 도망치자든
모험하는 사람들만의 진실한 사랑
피할 수 없었네.

바다에 가려면

약해야 한다
약해야 강한 것을 이길 수 있다

부드러워야 한다
부드러워야 억센 것을 이길 수 있다

다투지 않아야 한다
다투지 않아야 모두를 이롭게 할 수 있다

낮아야 한다
몸을 낮추어야 바다에 갈 수 있다

신발을 벗어야 한다
과거를 벗어버려야 바다에 갈 수 있다.

타래 사랑

급하게 먹은 음식
급하게 체하지요

급하게 이룬 사랑
급하게 무너지지요

동산의 만발한 꽃도
일찍 핀 것은 먼저 시들지요

힘들게 쌓아 온
미운 정
고운 정
연민의 정
타래 사랑

에덴동산에서
언제까지나 무성하고 푸르리.

중독

여고 나온 인텔리 미인
시장 난전 돌아다니며
돌아오라 소렌토로 노래 부르네

조무래기들 구경났다
따라다니고

흘러내리는 하얀 콧물
손가락으로 쓱 훔쳐 먹는
호길이 아저씨

박수소리에 동전
몇 개 받아가고

왜 콧물 냄새가 나지 않았나
왜 인분 냄새가 나지 않았나

나는 왜 당신 콧물 빨아먹었나

나는 왜 당신 생각만 하고 살았나.

무무심·無無心

이것도 버리고 저것도 버렸습니다
최후의 최후까지 모두 버렸습니다

입을 수 있는 것은 모두 버렸습니다
먹을 수 있는 것은 모두 버렸습니다
들어가서 살 수 있는 것은 모두 버렸습니다
손에 쥘 수 있는 것은 모두 버렸습니다

좋다는 것은 모두 버렸습니다
귀하다는 것은 모두 버렸습니다
힘이란 힘은 모두 버렸습니다
우러러 볼 수 있는 것은 모두 버렸습니다

옳은 것 그른 것 모두 버렸습니다
기쁜 것 슬픈 것 모두 버렸습니다
길다 짧다 모두 버렸습니다
많다 적다 모두 버렸습니다
그러나, 당신만은 버릴 수가 없습니다

당신을 떠나버리고 싶어도 떠날 수가 없습니다

당신에게 매여 있습니다
소가 말뚝에 매여 있듯이

나는 아직 당신을 업고 있습니다
당신은 나이기 때문입니다.

기도

신이시여
저희들의 사랑을 지켜주세요
제가 만나고 싶은 단 한 사람입니다

신이시여
저희들의 사랑을 지켜주세요
제가 함께 있고 싶은 단 한 사람입니다

신이시여
저희들의 사랑을 지켜주세요
제가 건강을 염려하는 단 한 사람입니다

신이시여
저희들의 사랑을 지켜주세요
제가 사랑하는 단 한 사람입니다.

제2부
애인 있는지 한번만 물어봐 주세요

오늘은 세상 마감하는 날

생수 한 방울
토종 콩 한 줌
자연 채소 한 올 한 올로
황금사랑 한 줌 낳는다

그대 순진한 눈물 한 방울
그대 미소 한 움큼
겹겹이 쌓인 사연 한 올 한 올로
황금사랑 한 줌 낳는다

멀지 않아 눈 쌓인 겨울나무에
바람 부는 추위를 알기에
아는 만큼 소중한 오늘의 사랑

오늘은 세상 마감하는 날
당신을 죽도록 사랑하리.

사랑 1

그대가 좋아하는 눈 덮인 솔밭에
겨울나무가 되겠습니다

그대 좋아하는 오솔 길에 쌓인
눈 밟는 소리가 되겠습니다

그대 좋아하는 파아란 하늘에
흰 구름이 되겠습니다

그대 좋아하는 바다에
하이얀 파도가 되겠습니다

그대 좋아하는 밤하늘에
반짝이는 별이 되겠습니다

그대 기뻐하는 마음에
환한 웃음이 되겠습니다

그대 슬퍼하는 마음에
슬픈 눈물이 되겠습니다

그대 화나는 마음에
불끈 쥔 두 주먹이 되겠습니다

내가 원하는 당신이 되지 않고
그대 원하는 내가 되겠습니다.

애인 있는지 한번만 물어봐주세요

간호사가 입원하기 전에 묻는다

이름은요
주소는요
고혈압 있나요
당뇨 있나요
혈액형은 뭐예요

현재 감기 기운 있나요
최근에 수술한 적 있나요
최근에 입원한 적 있나요
주사 알레르기는 있나요
가족 중에 암으로 돌아가신 분 있나요

혈관 좋네
흰머리 검어지고 회춘하고 있어요

애인 있는지 한번만 물어봐주세요.

사랑 2

그대 있기에
행복한 줄 모르고

남은 사랑 있기에
가슴앓이 한 줄 모르고

내 다리 앞으로 가는지
뒤로 가는지 모르고

내 사랑 만나러 가는지
헤어지러 가는지 모르고

만나는 것은 헤어지는 것
헤어지는 것은 만나는 것

기다림은 고통이지만
고통 없는 사랑이 어디 있겠습니까.

안 된다 1

마음대로 사랑해도 되요
마음대로 좋아해도 되요
마음대로 감나무 위에 올라가도 되요
마음대로 미쳐도 되요

마음대로 펑펑 울어도 되요
마음대로 통곡해도 되요
마음대로 에덴동산에 같이 가도 되요
마음대로 당신 사랑하지 않아도 되요

이 세상에서 그대를 가장 사랑하는 사람은 누구게
바로 당신.

날 왜 이렇게 만들었어요

정신이 녹아졌어요
존재가 사라졌어요

날카로우면서 부드러워
말로 표현할 수 없어요

섬세하고
매력적인
원형질 가운데
핵을 건드렸어요

속살까지 발가벗겨졌어요
모든 것을 불살라버리고
다른 사람으로 태어났어요

뜨거워져야 할 곳이 뜨거워졌고
듣고 싶어하는 소리 다녀갔어요

우리는 함께 정상에 올랐어요
하늘 아래 첫 동네에 올랐어요
정열의 모든 단계를 밟았어요

정상은 그대의 아름다운
사랑으로 가는 길

내가 그대를 사랑하니까
그대는 나에게 시간의 문을 열어주었어요

내가 그대를 사랑하니까
나는 그대 문에 들어갔어요

세상 모두 사라져도
당신과 함께 있고 싶어요

우리만의 세계
그대 품 안이 편안해요

내가 알고 있는 유일한 안식처 강변
갈대 속이 편안해요

그대 아름다워
정말 아름다워
당신이 좋아요
그대 참 좋다

용기 있는 생명력으로 가득한
당신은 많은 것이 있어요

사랑하는 당신
너무나 사랑스러운 당신
당신의 온 몸은 부드러운
사랑으로 가득 찼어요

당신은 진짜배기 암컷
사랑스러운 여자

당신과 함께하는 세상은 황홀한 꿈
순수하고 부드럽고 찬란한 무지갯빛 꿈
따뜻하고 살아있는 감촉
힘찬 사랑스러움
생명 속의 생명
창조 속의 창조

당신은 새로이 태어났어요
진정한 여자로 태어났어요
새로운 여자로 태어났어요

난 어떡하라구요
날 왜 이렇게 만들었어요

당신을 만나 삶의 불꽃이 생겨났어요
당신은 건초더미에 불을 질렀어요
남자로 새로이 태어났어요

내 가슴 차디찬 찬바람만큼
차가운 바람에 떠밀려
이리저리 떠돌아다니는 부랑자 같은
날 남자로 만들었어요

날 왜 이렇게 만들었어요
난 어떡하라구요.

사랑 다녀가다

그대만큼 사랑스러운 사람을 본 일이 없네
그대만큼 아름다운 사람을 본 일이 없네
그대만큼 신비스러운 사람을 본 일이 없네
그대만큼 맑은 눈을 가진 사람을 본 일이 없네

그대만큼 환히 웃는 사람을 본 일이 없네
그대만큼 순진한 사람을 본 일이 없네
그대만큼 넓은 마음을 가진 사람을 본 일이 없네
그대만큼 정직한 마음을 가진 사람을 본 일이 없네

그대만큼 남을 위하는 사람을 본 일이 없네
그대만큼 이야기 잘하는 사람을 본 일이 없네
그대만큼 눈물 많은 사람을 본 일이 없네
그대만큼 예쁜 사람을 본 일이 없네

불루독같이 끝까지
물고 늘어지는 내가 있으나

목이 잘릴 때까지
직선으로 가는 내가 있으나

눈에 뵈는 게 없이
미치는 내가 있으나

내 마음 편지로 보낼 수 없네
내 마음 문자로 보낼 수 없네
내 마음 전화로 전할 수 없네
내 마음 택배로 보낼 수 없네

그대 향한 마음 전할 길 없네

목숨은 짧도다
오늘 그대를 죽도록 사랑하리
붉은 입술이 바래지기 전에….

키스 다녀가다

난생 처음 느껴본 자유는
달콤한 파도가 수없이 밀려오는 바다

난생 처음 바라본 평화는
태고적 천지가 진동하는 바다

나를 사랑한다고 말하던 너의 황홀한 입술
너를 사랑한다고 말하던 나의 달콤한 입술

둘이면서 하나
하나이면서 둘

당신은 모르지요
당신의 눈물 닦아주러 간 줄을

당신은 모르지요
당신의 아픔을 나누러 간 줄을

구름에 비친 달 빛
강변으로 갔지요
나포리 소렌토 넘어 카프리로 갔지요

난 아직 꿈을 꾸고 있어요
따스한 그 기운이 사라질까 봐
사랑했던 그 순간이 깨어질까 봐

이대로 사라져도 좋다고 생각했지요
조그만 죽음을 맛 보았지요

다음에는 이미 늦어요
우리들의 삶은 지금이에요
키스해 주세요.

욕심쟁이

당신은 욕심쟁이
나를 선택했으니까요

당신은 욕심쟁이
나를 놓치지 않을 거예요

나는 욕심쟁이
당신을 선택했으니까요

나는 욕심쟁이
당신을 놓치지 않을 거예요

다른 곳에 눈 돌리지 말아요
나만 바라보세요

다른 일 생각하지 마세요
나만 생각하세요

다른 일 하지 마세요
나같이 정들면 어떻게 해요

당신은 욕심쟁이
나도 욕심쟁이.

행복

지은 죄가 많아
하반신이 마비되었어요
몸 없는 영혼입니다

지은 죄가 많아
하반신이 마취에서 깨어나지 않아요
살아도 못살아

하반신이 마비되어도 전 상관없어요
듣기 좋으라고 하는 소리겠지요

그대 먼저 죽으면
사랑했던 그 순간들을 생각하며
행복한 눈물을 흘리겠지요

내가 먼저 죽으면
눈물을 흘리지 않아도 되니
난 행복한 사나이지요

당신의 환히 웃는 얼굴 떠오릅니다
그대 기다릴 때가 가장 행복합니다.

안 된다 2

당신이 그리우면
손짓해요
그대 빨리 오라고

당신이 그리우면
발돋움해요
그대 향하려고

당신이 그리우면
달려가요
그대 먼발치에서 보려고

그대 사랑을 밝히다
바다를 밝히다

그대 사랑이 세다
돌아갈 시간을 세다

그대 사랑이 세다
용기 있는 사랑이 세다

그대 사랑이 세다
섬세한 사랑이 세다

그대 사랑이 세다
부드러운 사랑이 세다.

복종 1

당신을 강요할 사람은 아무도 없어요
당신을 지배할 사람은 아무도 없어요
당신을 간섭할 사람은 아무도 없어요
당신을 소유할 사람은 아무도 없어요
당신을 구속할 사람은 아무도 없어요

당신에게 명령할 사람은 아무도 없어요
당신에게 주인 행세할 사람은 아무도 없어요
당신에게 권위를 내세울 사람은 아무도 없어요
당신에게 아는 체 할 사람은 아무도 없어요
당신에게 앙갚음 할 사람은 아무도 없어요

당신은 나의 주인이니까
당신은 나의 여왕이니까
당신은 나의 아씨마님이니까
당신은 나의 삶이니까
당신은 바로 나이니까

당신이 시키는 대로 하겠습니다
나는 당신의 종입니다

당신이 하고 싶은 것을 하겠습니다
나는 당신의 종입니다

당신의 사랑스러운 종이 되고 싶습니다
부드러운 사랑을 이해하는 사람이 되고 싶습니다

복종하고 싶어 복종하는 것은 자유입니다
그러나,
당신과 헤어지자는 말에는 복종할 수가 없습니다.

소원

당신이 하루라도 내 곁을
떠나는 일이 없었으면

당신을 위해
시로 노래를 했으면

당신을 위해
정열을 쏟았으면

당신을 위해
오로지 살았으면

당신을
여왕으로 모시고

오직, 당신만을
하나의 세계로 삼을 수 있다면.

나갑니다

산정
정상

그대 찍는 구둣소리
사랑의 소리

그대 눈 밟는 소리
사랑의 흔적

여왕님의 행차소리
들려온다

나갑니다.

상사병

비 오는 봄날 밤
날 찾아온 당신
우연히 사랑을 느꼈지요

그대 눈을 바라보며
기쁨 커져가고 있지요

덧없는 인생
한 순간의 꿈
황홀한 불꽃

순간적으로 활짝 피어
놀랄만한 열도에 달해
삽시간에 타버리고 마는

언젠가는 숨 막혀 죽을 목숨이지만
당신이 없으면 살 수 없어요
당신만 생각하고 있어요

장은 무슨 시골장
설거지는 무슨 설거지
당신만 생각하고 있어요

빨래는 무슨 빨래
CD구입은 무슨 CD구입
당신만 생각하고 있어요

다른 일 할 수 없어요
당신 못 보면 죽을 것 같아요
가슴앓이 하다 죽을 것 같아요
이러다가 죽는 게 아닌가 싶어요

죽는 줄 알았습니다
숨이 콱 막혔습니다

한 목숨 살려주는 셈치고
중간다리 좀 놓아주세요

숨쉬기 위해 당신의 종이 되겠어요
살기 위해 종이 되겠어요

당신의 전화 목소리 듣고 숨쉬다
상사병에는 사랑이 약이다

태어나서 처음으로
상사병에는 사랑이 약이라는 것을 알았어요

태어나서 처음으로
상사병은 재발된다는 것도 알았어요

상사병에 걸리기 전까지는 무서워하였지만
상사병에 걸리고 나니 더 이상
무서워할 것이 없어졌어요

상사병이 아니라
엄살병이었네요.

배려

나하고 간 주막
나하고만 가세요

다른 사람과 가지 마세요
주막이 알아볼 테니까요

나하고 간 바다
나하고만 가세요

다른 사람과 가지 마세요
바다가 알아볼 테니까

당신하고 간 바다
당신이 바다이고요

나하고 간 주막
내가 주막이지요.

고래

바다의 구석구석을 샅샅이
누비고 다니는 고래

바다의 구석구석을 샅샅이
핥고 다니는 고래

바다의 구석구석을 샅샅이
뜨겁게 달구고 다니는 고래

볼수록 신비스러운 고래
갈수록 찾을 수 없는 고래

고래는 바다가 없으면 살 수 없다는 것을
모르는 사람은 사랑을 모르지요

바다가 내 곁에 있다는 생각만으로도
정열의 기운이 확 끼쳐오는 것을 느낀다.

약속

사랑해
새끼손가락 걸었지요

이별은 없다
새끼손가락 걸었지요

헤어지지 못해
새끼손가락 걸었지요

사랑은 살아있는 것
사랑은 창조의 한가운데 있는 것

죽기 싫어 사랑을 하지요
이별은 죽음이기 때문에.

사랑하는 사람이 진다

어머니는 세상의 누구도
이기지 못하는 사람이 없었습니다
눈에 뵈는 게 없었기 때문입니다

그러나 어머니는 날 이기지 못했습니다
어머니는 날 사랑했기 때문입니다

– 니는 내 죽으면 제일 마이 울 끼다

어머니 돌아가신 후
가슴이 미어지고 통곡했습니다

나는 세상의 누구도
이기지 못하는 사람이 없습니다
눈에 뵈는 게 없기 때문입니다

그러나 당신만은 이기지는 못합니다
난 당신을 사랑하기 때문입니다

더 이상 사랑할 수 없을 만큼 사랑합니다

– 당신은 나 죽으면 제일 많이 울 끼다

지금도 당신 생각만 하면
가슴이 미어지고 통곡합니다.

제3부
자유가 참 좋다

시로 노래할거야

시로 노래할거야
당신에게 평화가 올 때까지

시로 노래할거야
당신에게 자유가 올 때까지

환하게 웃는 당신
찬란한 미래를 위하여 나아가는 거야

내 생애에 가장 행복한 꿈을 꾸었나 봐요
음악 때문이었나 봐요
달빛 때문이었나 봐요
눈꽃 때문이었나 봐요
평소에 감정 때문이었나 봐요

기밀문서는 불 질러야 해
기밀문서는 당신을 노래한 시.

사랑 3

당신이 사랑을 가르쳐준 까닭에
당신을 사랑해요

당신은 보석 중의 보석
당신은 세상에서 가장 소중한 보석

당신의 입맞춤이 참 좋다
당신의 무감각이 참 좋다
당신의 몸 내음이 참 좋다

나무 위에 눈, 먼 산, 들, 하늘, 구름
연못, 약수터, 공기, 시골, 동동주,
촌 두부, 촌 곶감, 옻 오리, 눈 덮인 숲

높은 곳에서 바라보는 산들은 높다
지상에서 가장 아름다운 하늘 아래 첫 동네

우리의 포옹

당신의 평화가 참 좋다
당신의 미소가 참 좋다

평화는 그대의 미소
평화 속으로 당신의 몸은
녹아버리기 시작했어요

우리의 기도
성당의 종소리가 참 좋다
당신의 소리가 참 좋다

우리들의 사랑 지켜주세요
항상 같이 있게 해 주세요

당신의 허물이 있다면
그것까지 사랑하겠습니다

당신을 받들겠습니다

바다같이 몸을 낮추겠습니다

우리의 순교
당신의 믿음이 참 좋다

우리의 사랑
당신이 참 좋다.

이 세상 끝나는 날

아가는 가지 말라고 울면서 때라도 쓰지
엄마는 울지도 못하고 가슴에 피멍 들고
뒤돌아서 피눈물 흘리지요

아가의 등 토닥거리며
우리 아가 엄마 뽀고 찚었쪄

아가의 이야기 편안히 들어주는
엄마 같은 당신

이 세상 끝나는 날
단 한사람 당신과 얘기를 나누고 싶어요

산소를 떠나 마른 창공으로 솟아라
다시 눈부신 대기 속으로 솟아라
황홀하게 빛 속으로 차고 날아라
당신과 빛의 세계로 뛰어올라라.

자유가 참 좋다

같이 가자고 조르던 그대의 눈매
당신 마음 알았으니 이제
이별의 두려움은 나에게서 떠나갔네

난 어떡해요
다 무너졌어요
받아준 것이 아니지요
내가 사랑했지요

헤어지자고 해놓고
내가 사랑했지요
사랑해요

자유가 참 좋다
해방이 참 좋다
이런 기분 처음이에요
이래서 사랑을 하는 건가요

내 생애의 가장 황홀한 밤
너는 나의 또 다른 나

꿈을 꾸고 나면 잊어버려요
아무것도 생각이 나지 않는 꿈을 꾸었나 봐요

황홀한 꿈이었나 봐요
그런데 꿈을 자주 꾸나 봐요.

착각

날 사랑하여 편안해 하는 줄 모르고
빨리 집에 가라고 했지

날 사랑하여 밤 지세우자는 줄 모르고
빨리 헤어지자고 했지

날 사랑하여 늦어지는 줄 모르고
약속시간 지키라고 했지

날 사랑하여 비 오는 봄날 밤 찾아온 줄 모르고
죽어라고 일만 했지

날 사랑하여 알 수 없는 눈물 흘리는 줄 모르고
강하라고만 했지

날 사랑하여 하나 된 줄 모르고
당신을 떠난다고 했지

날 사랑하여 누추한 곳까지 온 줄 모르고
당신을 기다리는 것이 피 말린다고 했지.

들킨 마음

사랑한다고 말하지 않아도 됩니다
꽁꽁 숨겨놓은 들킨 마음 때문입니다

호수 같은 눈동자에 씌어있어요
환히 웃는 얼굴에 씌어있어요
화내지 않는 얼굴에 씌어있어요

불같은 정열에 무너진 게 아닙니다
안개 자욱한 산정호수 때문이 아닙니다

하늘 색이 다릅니다
여느 때보다 옅은 쪽빛하늘

걸음걸이가 다릅니다
가벼워 날아갈 것 같습니다

기쁩니다
눈물이 납니다

슬픕니다
눈물이 납니다

가슴이 뜁니다
가슴이 아픕니다
호흡이 가쁩니다
호흡이 아픕니다

어둡고 추운 터널에서
눈부시고 찬란한 세상으로
새로이 태어나고 있습니다

풋사과 내음같이 상큼하게 지켜주리이다
풋고추 내음같이 살뜻하게 지켜주리이다
첫사랑 내음같이 애틋하게 지켜주리이다

밤안개
빗소리

산정호수

장맛비에 갇힌 마음
밤새워 마주보고 싶은 것은
들킨 마음 때문입니다

사랑한다고 말하지 않아도 됩니다
꽁꽁 숨겨놓은 들킨 마음 때문입니다.

한 잎 사랑

새로이 태어나는 기쁨이 크시겠지요
아프면 아픈 만큼 성장한다지요

어두운 곳에서 얼마나 답답했습니까
찬바람에 얼마나 추웠습니까

남들이 몰라주어 얼마나 외로웠습니까
거센 폭풍을 온몸으로 견디셨지요

당신은 한 잎의 외로움을 아는 단 한사람
아무도 알아주지 않아도 날 알아주는 단 한사람

보배는 당신의 재산입니다
당신은 나의 보배입니다.

나의 사랑을 받는 당신은
분명 행복한 사람입니다.

당신을 만나지 못하는 것은 고통

당신의 눈을 처음 보았을 때
점점 밝아지는 별이 사막을 비치는 것 같았습니다

당신의 눈 속에서 나를 발견할 땐 환희입니다
당신의 눈을 보지 못해 당황할 땐 슬픔입니다
아기가 엄마와의 이별을 아파하듯

환히 웃는 당신의 얼굴은
진정한 승리자의 미소입니다

싸우지 않고 이기는 당신은
진정한 승리자입니다

진정한 승리자만이
진정한 승리자를 알아봅니다

영혼 깊은 곳으로부터 우러나오는
당신의 순수한 영혼은

나의 보물입니다
나의 사랑입니다

야생마를 꼼짝 못하게 하는 당신은
주인 될 자격이 있습니다

당신에 대한 감정이 우정이 아니라
사랑이라는 것을 알았습니다

화 한번 내지 않는
나의 보물이여
나의 사랑이여
찬란한 미래는 우리들의 것입니다

그러나 당신을 만나지 못하는 것은 고통입니다.

당신 속에 내가 있어요

당신 속에 내가 있어요

당신의 고향은 나
나의 고향은 당신

변태되어 날아가고
남는 건 껍질뿐

상처 난 줄도 모르고
모든 것을 내어주는 바다

상처 난 가슴을
단단하게 해주는 바다

괴로워하며 잠 못 이루는
눈물 그리고 눈물

아쟁 음악에도 가슴 아파하는 여린 마음

끌려가는 양같이 목숨 바친 사랑
그렇게 쓰러지고
또 쓰러지고
단 한번만으로 좋을 죽음들을

이제, 부활하여
밝은 미래를
황홀한 사랑을
찬란한 영광을

당신 속에 내가 있어요.

빗물 고인 항아리 속 하늘

빗물 고인 항아리 속 하늘에
작은 감 나뭇잎 하나 떠있습니다

바다 같은 당신의
넓은 마음이 보입니다

만나고 싶어도 만날 수 없고
보고 싶어도 볼 수 없어
작은 나뭇잎이 하나가 되었습니다

새로 들어온 감 나뭇잎 둘 가라앉고
새로 들어온 감 받침대 둘 가라앉고

한 잎이 외로워 두 잎이 되었습니다
두 잎은 황홀한 사랑에 빠졌습니다

빗물 고인 항아리 속 쪽빛 하늘은
당신의 고운 얼굴입니다

빗물 고인 항아리 속 하늘에
작은 감 나뭇잎 둘 떠있습니다.

당신이 그리우면

당신이 그리우면
빗물 되어 창문을 두드리지요

당신이 그리우면
달빛 되어 마당에 찾아가지요

당신이 그리우면
달무리 되어 안아주지요

당신이 그리우면
성운 되어 내려다보지요

당신이 아프면
고운 이마에 입맞춤 하지요

당신이 나으면
호수 같은 눈에 눈 맞춤 하지요

당신은 나에게
크나큰 기쁨을 주었지요

비갠 뒤 푸른 하늘
맑은 달빛 같은
영롱한 별빛 같은

당신은 찬란한 미래를
꿈꿀 수 있게 해주었어요

당신이 그리우면 꿈나라에서
선녀를 모시는 나무꾼이 될래요.

약한 듯 강한 당신

약한 듯 강한 당신을
날마다 조금씩 닮아갑니다

이 세상에서 가장 아름답게
빛나는 별 하나가 길을 잃고
내 어깨에 살포시 내려앉아 잠이 들었습니다
그 별이 사라질 것 같아 더욱 더 아름답습니다

당신이 잠들어도 잠잘 수가 없습니다
당신이 길을 찾아 떠날 것 같아
더욱 더 아름답습니다

당신이 나를 부끄러워 아니 하시면
절벽 낭떠러지의 꽃을 꺾어오겠습니다

짐승들이 당신을 헤치려하면
온몸을 던져 안전하게 보호해 드리겠습니다

산정호수 같은 당신의 눈에 눈물이 나면
고이 닦아드리겠습니다

당신은 이제 눈물을 흘리지 않아도 됩니다
침상에서 흘리는 많은 눈물을 보았기 때문입니다

보고 싶어도 보고 싶다고 말할 수 없습니다
나는 종이기 때문입니다

종이 있는 한
약한 듯 강한 당신은
영원한 나의 주인입니다.

영혼으로부터 우러나오는 단 한사람

영혼으로부터 우러나오는 단 한사람

용기 있는 눈을 가진 소녀
사랑스러운 가슴을 가진 소녀

아이들을 사랑으로 노래하고
커다란 기쁨을 느끼는 순진

목에 스카프를 두른 채
의자에 꼿꼿이 앉아
어느 누구도 넘볼 수 없는 격정

산자락 새벽안개 걷힐 때까지
밤을 지새워 노래하는 뜸부기
빗소리 그치자 푸른 산 가까이 오고

에메랄드빛 지중해 나폴리
행복 가득한 꿈의 나라에서

당신의 기쁨의 눈물 보았네
당신의 슬픔의 눈물 보았네
당신의 안도의 눈물 보았네

영혼으로부터 우러나오는 단 한사람

날 남자로 만들어 준 빚을
평생 갚아드리이다.

달빛 같은

안개 산허리 위로 올라가자
안개비 그치고
뜸부기소리 가까이 오자
푸른 산 가까이 오네

담 모퉁이 아무렇게 자란 인진쑥
허리 굽혀 절하며

당신 향하는 마음
돌담 타고 넘어가는 호박넝쿨

장작불 가슴 탁탁 터지자
환한 당신 닮은 반달 찾아오고

이름 모를 풀벌레소리에
이름 모를 별빛 깜빡이네

아름다운 눈

아름다운 마음씨
달빛 같은

정신적인 사랑
천년의 사랑
나무꾼과 선녀 같은
그 달무리 같은.

열린 창문

쪽빛 창공을 날고 싶을 때에는 날아가세요
바다에 가면 만날 수 있겠지요

닫아버리면 날아가고 싶은
마음 더 생길 테니까요

당신을 만나기 위해
그 많은 세월을 고통 속에서 살았습니다

당신을 만나기 위해
그 많은 세월을 기다림 속에서 살았습니다

당신을 만나기 위해
그 많은 세월을 그리움 속에서 살았습니다

쪽빛 창공을 날고 싶을 때에는 날아가세요
바다에 가면 만날 수 있겠지요.

한 점 될 때까지

당신을 떠나 멀리 갈 수 없어요
멀리 가면 숨이 멎을 것 같아요

친정 다녀가는 딸을
보내는 아버지 마음으로

친정 다녀가는 누이동생을
보내는 오빠야 마음으로

흔드는 손 멀어져
한 점 될 때까지
행복을 빌고 또 빌어봅니다

당신이 멀리 가도 살 수 없을 것 같아요
멀리 가면 숨이 멎을 것 같아요.

반짝이는 눈 속에서 잠자다

그믐달은 반짝이는 눈
달빛은 환한 얼굴
구름은 검은 머리

경이로운 별들이 축하를 하고
별과 달이 보이는 푸른 바다 모퉁이

님 없으면 궁궐이 오두막이고
님 계시면 오두막이 궁궐이네

천하를 얻은 기쁨으로
귀뚜라미 목청 좋네

동창을 두드리며
날 보러 왔구려

침실을 두드리는
호기심 많은 청개구리

카시오페아를 사랑한 페르시아 왕자도
이만큼 행복하지는 않았으리.

소

먼지 한 점
내려앉지 않은 풀섶에 앉아
풀잎 냄새 맡으며

풀잎 사이로 환히 웃는
홀쭉이 반달 당신

마실 물
풀잎 약간
숲이나 산그늘에
누울 자리만 있어도 행복하겠네

당신만 곁에 있어도 행복하겠네.

참 나물

눈물겹도록 긴 대궁은
달빛에 스며드는 은은한 흰 향기
산 나무 그늘에 저절로 자라
오래 핀 꽃일수록 빨리 진다

세상과 남다른 자태는
빙설 속에서 홀로 소리쳐
견디어 낸 연한 새 생명

어디서 본 것 같은 기쁨은 잠시
평생을 두고 애끓는 슬픔이 되어
그대를 찾기 위해 밤잠을 설친다.

짧은 꿈

꽃바람 솔바람 타고
천년세월 날아온 나비 능선

산정호수 지나
더덕 향 가득한 입술 속 오솔길

안아주고 업어주고
두 마리 한 마리 되고
한 마리 두 마리 된다

가라앉고 솟구치고
두 점이 한 점 되고
한 점이 두 점 된다

누워있으나 일으키면 사라지고
볼 수 있으나 보이지 않는

숨 막히고 정지된 활동사진 속

말하면 사라져 말하지 못하는 나무꾼

계곡 옆 텃밭 지나
통나무집에는 비가 내리고
선녀는 나무꾼 옷을 몰래 감추어버린다.

참 두릅

옷 벗은 겨울나무를
가려주는 따스한 마음은
봄마다 어디서 올까

꺼져가는 생명에게
등불이 되어 주는 파아란 마음은
봄마다 어디서 올까

배고픈 이에게
배부르게 하는 넉넉한 마음은
봄마다 어디서 올까

딱딱한 이에게
부드러운 것이 강하다는 것을
가르쳐 주는 마음은
봄마다 어디서 올까

만나면 헤어진다고들 하지만

내년 봄에도 그대 찾아오기를
가슴 터지도록 기다릴 테야.

제4부
살아 있는 것은 똥을 싼다

성석이 되기를

구름이 달 가리우고
닭소리가 이별을 고하는 새벽
기다리는 토방의 반딧불 한 마리

모두가 잠든 밤
신비한 세계가 열리는 은하 물가
은한별 또렷한 칠월칠석
칠년만에 만나 결혼식을 올리는 마글론느 별

이 세상에서 가장 아름답게 빛나는 별
이 세상에서 가장 기분 좋게 빛나는 별
이 세상에서 가장 행복하게 빛나는 별

어두운 밤하늘에 영원히 빛나는 보석
내 어깨에 내려앉아 성석星石이 되기를.

살아 있는 것은 똥을 싼다

살아 있는 것은
똥을 싼다

메뚜기는 똥을 싼다
사슴은 똥을 싼다
밟으면 꿈틀거리는 지렁이는 똥을 싼다

설사 똥은 죽은 똥
푸른 똥은 나쁜 똥
작은 똥은 욕심 똥
굳은 똥은 라면 똥
냄새 똥은 도둑 똥
현대 똥은 병신 똥
황금 똥은 좋은 똥

사람은 무엇을 생산하지
똥
카레는 무슨 색

똥색
아니야 황금색

똥은 밥
입으로 들어가고
밥은 똥
똥 구멍으로 나온다

사람의 똥 먹는 돼지
똥돼지 되고
사람의 똥 먹는 개
똥개 된다

똥만큼 소중한 것은 없다
똥을 대접하지 않는 더러븐 인간들아

무 배추 고추에 농약 뿌리고
두부에 횟가루 뿌리는 더러븐 인간들아

똥을 더럽힌 죄로
설사 똥통에 백만 년 머리 처박고 살거라

살아 있는 것은
똥을 싼다.

바람

모깃불을 피우는 조무래기
모기들 도망가고

달밤이 문을 두드리면
소녀들 문 열고 들어오고

신발 끌고 온다
낙이는 신발 벗고 창서재로 간다
낙이는 바짓가랑이 잡고
큰 눈에 눈물 글썽이고

치마 끌고 온다
분이는 치마 벗고 대밭으로 간다
분이는 시집가서도 잊지 못하고

한 줄기 바람이 지나간다.

봄

산 벚꽃 만발할 즈음
손 한번 내밀지 않고
바람처럼 왔다가 가버렸습니다

도화 분홍빛으로 물들었으나
손 한번 내밀지 않고
그믐달 그림자처럼 가버렸습니다

그리워하는 님
되돌아보지 않고
바람처럼 왔다가 가버렸습니다

비파강변 갈대숲 노을 속에도
그대 그림자 보이지 않네

하늘과 땅
산과 들 어디에도
그대 그림자 보이지 않네

그대 얼굴 볼 수 없으나
볼 수 있는 곳은 오직
당신 닮은 보름달 당신뿐

이제는 차디찬 겨울 다 지나고
문 열어 놓아도 좋을 계절이 되었건만.

남산

부흥사 맞배지붕 끝 풍경소리
남산 정상 늠비봉 오층석탑
옥계석은 하늘 향해 팔 벌리고

백제 탑 우동양식의 우리 탑 오층석탑 신은
신라 어느 마을에서나 볼 수 있는 우리 탑

천일홍 나무에 둘러싸인 포석정
남산의 신들에게 제사지내던 신라 별궁
국가의 안녕과 화합을 위해 논의하던 곳

경애왕이 술 마시고 놀다가
후백제 견훤에게 칼 맞아죽고 신라가 망했다는 것은
역사는 강자에 의해 기록되었다는 증거

조선이 당쟁으로 망했다는 것처럼
경애왕이 겨울 동짓달에 야외에서
술잔치 벌인 것도 이상하구요

머리 위의 산 벚꽃, 겹 벚꽃, 철쭉, 박대기꽃
발아래 제비꽃, 일편단심 민들레꽃, 이름 모를 들꽃

도룡이 알을 낳는 계곡 지나
바위에 몸을 빌린 채 기댄 윤을곡 마애여래좌상
자비로운 어머니 같습니다

남산의 옥돌보다
당신이 나의 보석입니다.

광풍에 마음 씻고

제월을 바라보며 농주 한 잔이면
부러울 게 뭐가 있겠어요

시냇물 흐르고
달과 별 마음껏 볼 수 있는
동산의 황토방을 찾고 있지요

자연은 인간을 자연으로
돌아가게 만들지요

잘못된 세상을 피해
숨어든 은둔자의 사랑
숨을 길이 없어라

여든 외숙부 임종 전에 하시는 말
나는 맨날 청년인 줄 알았데이
내가 죽음을 눈앞에 두고 있다니

죽음에 이르는 병에 걸린 육십 생질이 하는 말
제 인생 아닌 인생 그만 두고
제 인생 살고 싶어요

우리만의 사랑 너무 행복하여
악마가 질투를 하나 봐요
제가 가끔 투정을 하나 봐요.

잠자러 오는 작은 새

사랑은
깨닫지 못하는 사이에 찾아 오는 것

은은히 흐르는 초승달 마다하고
포근하고 아늑한 숲 속 마다하고
살구나무 집으로 잠자러오는 작은 새

꼬리에 흰점 크기의 날씬하고 예쁜 새
마당 빨랫줄에 앉아있다가 두리번거리다
처마 밑으로 날아와 자리를 잡고
잠자고 가는 작은 새

내가 선택한 것이 아니라
내게로 다가온 작은 새
사랑 내게로 왔다

언제 날아왔는지 모른다
언제 날아가는지 모른다

언제 날아갔는지 모른다

숨소리 낮추어라
언젠가는 만날 기쁨

목소리 낮추어라
언젠가는 떠날 슬픔

잠자러오는 작은 새
어젯밤에 오지 않았다
이틀째 오지 않았다

사랑은 찾아 헤매는 것이 아니라
찾아온 것을 받아들이는 것

사랑을 찾아 헤매는 일
다시는 없을 것이다

사랑은
사라져가는 것을 바라다 보는 것.

사정이 있겠지요

사정이 있겠지요
전화 못하는 사정이 있겠지요
날 사랑하고 있겠지요

사정이 있겠지요
문자 못 보내는 사정이 있겠지요
날 좋아하고 있겠지요

사정이 있겠지요
모르는 척하는 사정이 있겠지요
날 미워하지는 않겠지요

사정이 있겠지요
인사 못하는 사정이 있겠지요
날 사랑하고 있겠지요.

사랑 4

사랑은
그대에게 어떤 일이 있어도 이어질
우리 사이에 존재하는 긴 끈

사랑은
그대에게 어떤 허물이 있어도
모두를 아름답게 볼 줄 아는 마음

사랑은
한번 보면 다 알아버리고
다 보여 주는 아린 마음

결혼하여 전생에 원수가 되느니
헤어져 전생에 연인으로 남겠다는 것은
당신 없어도 살 수 있을 만큼만 사랑하는 짧은 끈

그물에 걸리지 않는
바람처럼 사라지지 말고

부디 살아만 있어주오

당신 없는 세상은 상상할 수 없어요
당신 없이는 한 순간도 살 수 없어요.

탈

소무탈을 만들었어요
청승스런 탈을 예쁘게 만들었어요

말뚝이탈도 만들었어요
각시탈도 예쁘게 만들었어요

잠시 시름을 잊게 해드리겠어요
잠시 웃을 수 있게 해드리겠어요

평생 웃음보다 더 큰 웃음을 드리겠어요
평생 기쁨보다 더 큰 기쁨을 드리겠어요

천하를 얻은 살림이라도
마음이 없으면 엽전 한 닢이지만

청빈한 살림이라도 마음이 있으면
천하를 선물할 수 있지요

세상사람 아무도 모르게
예쁜 말뚝이탈 쓰고

날마다 내 사랑이 있는
당신 곁으로 달려가겠어요.

삽살개

웅웅거리는 개소리
사라져가는 개소리

겨울바람 얼마나 매서웠을까
겨울바다 얼마나 차가웠을까
여름더위 얼마나 뜨거웠을까

고요히 눈 오는 밤
혼자서 얼마나 적막했을까

달 없는 칠흑 같은 밤
혼자서 얼마나 외로웠을까

이빨 빠진 삽살개소리
더 이상 들리지 않는다

욕창 않는 삽살개소리
더 이상 들리지 않는다

항문 벌어진 삽살개소리
더 이상 들리지 않는다

꼬리 흔들며 반기는 삽살개 예돌이
눈에 밟힌다.

읍성 목로주점

겨울을 재촉하는 비 오더니
단풍잎 새벽바람 몰고 다닌다

읍성 아름다운 동산에
님 만나러 간다
처음 사랑한다는 말 어찌 잊으리요

내 맘 속에 잠시라고
떠날 때가 없었지요

나 홀로 기다리다 보면
언젠가는 만날 날 있겠지요

당신이 날 선택한 것은
사고 중의 가장 큰 사고

아아! 그때 마음껏
살았더라면 좋았을 것을

오지 않을 님이지만
오늘도 읍성 목로주점에서 기다린다.

어머니같이 예쁜 당신

매미소리 끝나고
파아란 남쪽하늘 다가오는
먼 기억 속 세계

바다를 향한 마음
수없이 밀려오는 파도
감포 앞바다 수중 문무대왕릉 해변

나무껍질 같은 피부에
기억력 석고처럼 없어지고
굳어져 주름진 얼굴

옛날 아름다운 모습
어머니 떠나가고

어머니같이 예쁜 당신
오직 한 사람 찾아오고.

옻밭 시인

옻밭 시인 계십니까
멀리 갔습니다

언제 오세요
오래 걸릴 겁니다

어디로 갔습니까
위로 갔습니다

마음 좋은 사람은 빨리 죽고
마음 나쁜 사람은 오래 산다

마음이 여린 사람은 빨리 죽고
마음이 독한 사람은 오래 산다

여린 사람이 독한지
독한 사람이 여린지.

복날

이른 아침
저 멀리 마을 어귀에서
들려오는 확성기소리

큰 개 작은 개
작은 개 큰 개
삽니다

고양이 염소
염소 고양이
삽니다

오늘은 복날
지난밤에 담 넘어 도망 간 삽살개
똘똘이 녀석 걱정이다

큰 개 작은 개
작은 개 큰 개

삽니다

고양이 염소
염소 고양이
삽니다

저 멀리 마을 끝으로
사라져가는 확성기소리.

강하면서 부드럽고

강하면서 부드럽고
은은하면서 톡톡 튀고
수수하면서 화려한 보석

미처 미치지 못하는 곳까지
세세히 밝히는 사랑

꿈꾸는 정토淨土
반드시 찾아오리.

복종 2

눈동자에 눈물이 마를 때까지
당신을 위해 노래할 것입니다

백혈구가 사라지고 항문이 열릴 때까지
당신을 위해 춤을 출 것입니다

당신과 내가 그토록 은밀하게
서로를 알게해 준 이에게 감사할 것입니다

나는 가장 행복한 인간
나는 가장 축복받은 인간

나의 풍요로운 인생은
현재로 충분합니다

사랑스런 당신께 복종하는
나 자신만 존재할 뿐입니다.

가을 단풍

호수 속 가을 단풍이
아름답습니다

춤추는 물속에는
옛 추억이 있지요

비 오는 날
골목에서 서성거리던
당신 있지요

바람 부는 바닷가
약혼반지 던져버리던
당신 있지요

바로 저 남자다
영혼이 닮은
당신 있지요

안쓰러워 목이 메이다가
그만 닮아버린
당신 있지요

오색 단풍잎들이 춤추고
외로움과 고통이 없는
그곳으로 달려갑니다.

사랑, 내게로 온 줄도 모르고

풀섶에 누워
만발한 복사꽃 사이로
파아란 하늘처럼
아름다운 그대 바라보며

오랜만에
어릴 때 불알친구처럼
실컷 웃고
즐거워하고
행복해 했지요

맑고 환상적인 바닷가
가랑비 오고
바람 부는
텅 빈 포구에

그대 없어 아쉬움 가득 안고
되돌아 왔지요

사랑, 내게로 온 줄도 모르고.

고백

나의 불타는 정열을 당신께 드립니다

나의 뜨거운 시간을 당신께 드립니다

나의 꿈꾸는 미래를 당신께 드립니다

나의 영웅적인 생애를 당신께 드립니다

나의 진정한 자유를 당신께 드립니다

내 마음의 음악을 당신께 드립니다

나는 당신의 충직한 종입니다

나는 당신의 사랑스런 노예입니다

나는 당신에게 정절을 지키는 열남입니다

당신이 기쁘면 나도 기쁩니다

당신이 슬프면 나도 슬픕니다

당신이 아프면 나도 아픕니다

당신이 배고프면 나도 배고픕니다

내가 원하는 것은

오로지 당신뿐

고백할 것이 있어요
나는 당신을 사랑하는가봐.